À TOUTE ALLURE !

© 2013 Les Publications Modus Vivendi inc. pour l'édition française.
© 2013 Disney Enterprises, Inc. Tous droits réservés. Mustang est une
marque de commerce de la compagnie Ford Motor. Tous droits réservés.

Presses Aventure, une division de
Les Publications Modus Vivendi Inc.
55, rue Jean-Talon Ouest, 2e étage
Montréal (Québec) H2R 2W8
CANADA
www.groupemodus.com

Publié pour la première fois en 2013 par Golden Books, une division de
Random House sous le titre original *PLANES – FAST!*

Éditeur : Marc Alain
Traduit de l'anglais par Karine Blanchard

Dépôt légal : Bibliothèque et Archives nationales du Québec, 2013
Dépôt légal : Bibliothèque et Archives Canada, 2013

ISBN 978-2-89660-652-8

Nous reconnaissons l'aide financière du gouvernement du Canada par
l'entremise du Fonds du livre du Canada pour nos activités d'édition.

Gouvernement du Québec — Programme de crédit d'impôt
pour l'édition de livres — Gestion SODEC

Imprimé au Canada

À TOUTE ALLURE !

Adapté par **BARBARA BAZALDUA**
Illustré par
CAROLINE LAVELLE EGAN
ET **JEAN-PAUL ORPIÑAS**

CHAPITRE 1

Deux avions de chasse fendirent l'air en passant sous moi dans le ciel.

« Pourquoi c'est si long? demanda l'un d'eux. Est-il vraiment aussi bon qu'on le dit?»

Je traversai les nuages
pour les rejoindre.
Ils n'avaient aucune idée
de ce qui les attendait.
Si c'était une course qu'ils
voulaient, ils allaient
être servis !

« Le dernier rendu au
réservoir d'eau aérien paye
une tournée d'essence!»
lança l'un d'eux.

« *Je vais vous laisser*
une longueur d'avance,
les gars, ai-je répondu.
Vous en aurez besoin. »

J'attendis quelques secondes,
et les dépassai d'un coup.
« *Mordez ma poussière !* »
criai-je.

J'avais encore gagné !

– Dusty! s'écria un vieux biplan appelé Leadbottom. Tu es encore dans la lune!

Je revins d'un coup à la réalité. Je ne me trouvais pas à des milliers de mètres dans les airs, faisant la course avec des avions de pointe. Non.

Je volais à basse altitude, épandant du Vita-minamulch sur un champ de maïs.

Je m'appelle Dusty Crophopper. J'habite un village tranquille nommé Propwash Junction. J'ai toujours passé le plus clair de mes journées au-dessus des champs,

les traversant dans un
sens, puis dans l'autre, en
épandant sur les récoltes.
Croyez-moi, ce n'est pas
ce qu'il y a de plus
emballant à faire pour
un avion.

Vu de l'extérieur,
je n'étais peut-être qu'un
simple épandeur; mais,
à l'intérieur, j'étais un

véritable champion de course. Il me fallait attendre la bonne occasion pour montrer au monde ce dont j'étais capable. Mon rêve? Participer au grand rallye du Tour du Ciel!

Mon patron, Leadbottom, ne me comprenait pas.

– Pourquoi voudrais-tu
abandonner l'épandage?
me demanda-t-il en
laissant tomber une
énorme dose puante
de Vita-minamulch sur
le champ d'en dessous.

Leadbottom est de ces
avions qui adorent
leur travail!

Mais je n'allais
pas le laisser me
décourager. Une course
pour obtenir une place
dans le grand rallye du
Tour du Ciel aurait
lieu sous peu. J'étais
déterminé à tenter ma
chance.

Mon meilleur ami,
Chug, un camion-citerne,
m'aidait à me préparer.
Sitôt mon épandage du
jour terminé, je l'alertai
par ondes radio. Il avança
jusqu'aux limites de
l'aérodrome et me donna
de précieux conseils
via la radio.

– Vas-y, mon vieux !

Continue !

m'encouragea-t-il tandis

que je m'exerçais

au-dessus des champs

de maïs.

Tout allait bien, jusqu'à

ce que je me mette à

perdre de l'huile.

Dottie allait être furieuse.

Dottie était
la mécanicienne de
Propwash Junction.
J'étais allé la voir assez
souvent, dernièrement.

– Ton joint d'huile à
palier est complètement
usé, dit Dottie après
s'être penchée sur
mon moteur.

Elle me regarda
d'un œil suspicieux
et me demanda si j'avais
recommencé à m'entraîner
pour la course.

– Euh… non, non,
répondis-je le plus
innocemment possible.

Au même instant, Chug
entra en trombe dans
l'atelier.

– Oh, mon vieux !
s'écria-t-il. Dusty,
tu étais fou furieux !
Même une fusée
n'aurait pas pu te
rattraper. Tu ne devais
pas être loin de la
vitesse de la lumière !

Je lui lançai un regard
supposé le faire taire,
mais il était trop tard.

Dottie fronça les sourcils.

– Dusty, tu n'es pas fait pour la course, me dit-elle. Tu es fait pour épandre. Tu sais ce qui va t'arriver si tu te pousses à bout ?

Évidemment, j'étais bien
au courant de toutes
ces terribles choses qui
pouvaient m'arriver :
vibration de l'aile, fatigue
du métal, panne du
moteur… Dottie m'avait
bien averti qu'un seul
de ces problèmes me
laisserait cloué au sol
pour de bon.

Mais je savais aussi ce qui m'arriverait si je ne tentais pas ma chance. Je passerais le reste de mes jours de vol à me demander si j'avais ce qu'il fallait pour faire quelque chose de téméraire et audacieux – et à rêver d'avoir au moins essayé.

J'étais décidé. J'allais
participer aux qualifications.
Et j'allais leur montrer
que j'étais un champion.

Plus tard ce soir-là,
tandis que Chug et moi
regardions *Les dix pires
écrasements de l'histoire*
sur la chaîne des courses
sportives, Chug se mit

à s'inquiéter de ce qui pourrait mal tourner pendant la course.

– Nous avons peut-être besoin d'aide, dit-il.

Puis, il a suggéré que nous en parlions à Skipper, un vieux Corsaire qui vivait dans un hangar au fin fond de la piste.

La rumeur voulait
que Skipper eut jadis
été un redoutable
entraîneur dans la
marine.

Je n'étais pas certain
que ce soit une bonne
idée. Skipper était
aujourd'hui plutôt
grincheux et il ne volait
plus du tout.

Chug insista. Je rassemblai
mon courage et je partis,
avec mon meilleur ami,
vers le hangar de
Skipper.

— J'ai entendu parler
de son escadron,
les Clés anglaises,
chuchota Chug.
On dit qu'il s'agissait
des avions les plus durs,

les plus forts et

les plus redoutables

de toute la marine.

Les paroles de Chug

ne m'inspiraient aucune

confiance. Malgré tout,

je pris une profonde

inspiration, sonnai,

puis attendis.

La porte s'ouvrit
enfin, et Skipper me
dévisagea. Sparky,
le remorqueur qui
était chargé de le
pousser, attendait
juste à côté.

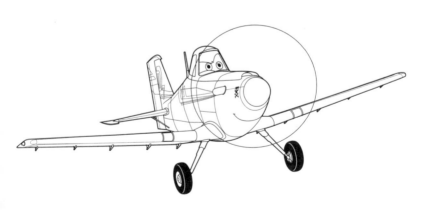

– Monsieur Skipper,
je me demandais
si vous accepteriez
de devenir mon
entraîneur…
bafouillai-je.

Skipper me lança
un regard à faire lever
la peinture sur mes ailes
et me claqua la porte
au nez.

Non, aucune aide ne me viendrait du légendaire instructeur de vol.

Je me retrouvais donc seul. Tout à fait seul.

CHAPITRE 2

Tandis que je me
rendais à Lincoln, au
Nebraska, où devait
avoir lieu l'épreuve de
qualification, je ressentis
un bouillonnement
dans mon réservoir
d'essence. C'était un

mélange d'excitation
et de nervosité. J'étais
reconnaissant d'avoir
Chug et Dottie avec moi
pour me soutenir.

Peu après notre arrivée
sur la piste, nous vîmes
un superbe bolide fendre
l'air au-dessus de nos
têtes, suivi de près par
deux plus petits avions.

Je n'en croyais pas mes yeux! C'était Ripslinger! Il avait remporté le rallye trois fois.

Il était si doué qu'il était préqualifié.

Les deux autres qui l'accompagnaient s'appelaient Ned et Zed, les Jumeaux Turbos.

Ces gars-là étaient des
champions mondiaux !

Je me joignis aux autres
compétiteurs pour
entendre les instructions
avant la course.

– La ronde des qualifications
d'aujourd'hui consiste
à faire le tour de ces
pylônes, expliqua l'officiel
de la course. Les cinq
premiers pourront participer
au grand rallye du Tour
du Ciel.

C'est un avion nommé
Fonzarelli qui partit le
premier. Pendant que

Chug me remplissait de carburant et que Dottie faisait une dernière mise au point sur mes ailes, j'observais chaque participant faire son tour. Puis, j'entendis enfin l'officiel appeler le nom que j'utilisais pour la course : « Strut Jetstream. » Ça y était!

Fonzarelli occupait la cinquième position.

Je devais faire un meilleur temps que lui si je voulais participer au rallye.

– Tu veux rire? se moqua Ripslinger. Ce fermier tente sa chance?

Lui et ses petits amis éclatèrent de rire, aussitôt suivis par la foule entière.

J'avançai sur le tarmac,
m'efforçant de ne pas
les entendre et de rester
concentré.

Je fis vrombir mes
moteurs et m'élançai,
volant assez bas. La foule
arrêta de rire quand
je fonçai à toute allure
autour des pylônes.

Je traversai le parcours
sans encombre et filai
à la ligne d'arrivée.

Chug et Dottie
accoururent pour me
féliciter.

Je me sentais terriblement
bien! J'avais fait de mon
mieux et complété le
circuit comme un pro.

Mais mon mieux n'était
pas suffisant. J'étais arrivé
un dixième de seconde
derrière Fonzarelli. Je ne
pouvais plus participer
au rallye.

Fonzarelli s'approcha.

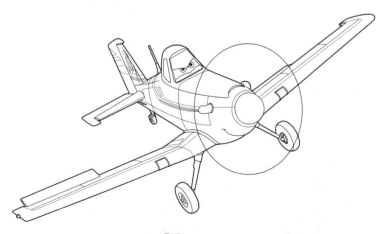

– Hé, mon vieux !
Tu devrais être fier de cette
sixième place. Ce n'est pas
rien ! dit-il. Tu as livré
toute une performance.

– Merci, répondis-je.

Je savais bien qu'il essayait
de me remonter le moral.

Quand je suis rentré
à Propwash Junction,
j'ai emballé tout mon
équipement de course et
je l'ai mis de côté. Je devais
bien me rendre à l'évidence :
j'étais un épandeur, pas
un champion de course.

CHAPITRE 3

Quelques jours plus tard, un camion de livraison s'arrêta devant la station d'essence de Chug, le Fill'n'Fly. L'officiel de la course sortit du camion, l'air un peu ébranlé de son voyage.

– Je recherche Strut
Jetstream, dit-il en
consultant son carnet.

Je me sentis soudain
gêné d'entendre ce
nom.

– Ça se prononce plutôt
Dusty Crophopper,
dis-je en m'avançant
vers lui.

Puis, le petit véhicule m'annonça une nouvelle qui eut l'effet d'une bombe. Fonzarelli avait été disqualifié de la course parce qu'il avait triché. Ce qui voulait dire… Ce qui voulait dire… que j'allais participer au rallye!

– Dusty sera de la course!
s'écria Chug.

Tous les habitants de la
ville se rassemblèrent
autour de moi.

– Tu vas traverser des
océans! dit Chug.
Te geler les ailes un jour…

– Et te les faire chauffer le lendemain ! renchérit Sparky.

Puis, ils se mirent tous à parler d'ouragans, de cyclones, de typhons et de tornades. Je me sentis mal, tout à coup. J'avais tellement espéré ce moment et, maintenant que mon rêve se réalisait, je me demandais sincèrement si je *pouvais* vraiment y arriver.

Plus tard, je pris le temps de bien regarder le trajet du rallye sur une carte. Il défilait sur plusieurs continents, survolant tous types de terrain. Je commençai à comprendre que cette aventure pouvait se révéler plutôt dangereuse.

Puis, je me rendis compte que Skipper se tenait dans l'embrasure de la porte.

– Tu vas finir en un petit tas fumant au pied d'une montagne, tes pièces dispersées dans cinq pays différents, dit-il. Tu t'en prends aux plus grands champions du monde, et certains d'entre eux n'atteignent jamais la ligne d'arrivée.

Il me dit tout ce que j'avais fait de travers pendant les qualifications, puis m'expliqua comment me réajuster.

– Un instant, demandai-je
prudemment. Seriez-vous
en train de me donner
des conseils?

Mais Skipper ne voulait
pas devenir mon
entraîneur. Il voulait que
j'abandonne la course.

– J'essaie simplement de prouver que je peux faire plus que ce pour quoi on m'a conçu, insistai-je.

Skipper me regarda pendant un long moment. Puis, il prit une décision.

– Demain, cinq heures tapantes, dit-il. Ne t'avise pas d'être en retard.

Hourra ! Skipper était prêt à m'aider. Je me sentais déjà un peu mieux.

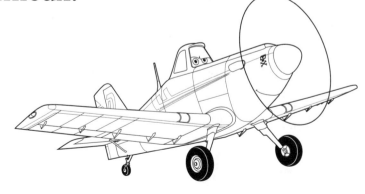

CHAPITRE 4

Je me levai avant
l'aube, hyper motivé
et prêt à m'entraîner !
Skipper, Chug et Sparky
s'installèrent au bout
de la piste. Je pris
mon envol.

– Tu veux faire de la vitesse, n'est-ce pas ? me demanda Skipper à la radio. De la vraie vitesse, à te faire vibrer les boulons ?

– Oh que oui ! répondis-je.

– Alors, regarde en haut, dit-il. C'est l'Autoroute du ciel. On y trouve

des vents arrière comme
tu n'en as jamais connus.
Qu'est-ce que tu
attends ?

Je levai les yeux et
observai les longues et
minces bandes de nuages
blancs au-dessus de moi.
On aurait dit de grandes
rues, tout là-haut...
C'était haut.

Vraiment haut.

Je fermai les yeux,
serrai les dents et
commençai à monter.
Tout allait plutôt
bien, avant que je
regarde en bas. Le
sol semblait tourner
sous mes yeux. Pris de
panique, je sortis des
nuages et me préparai

pour un atterrissage
d'urgence.

J'en étais encore à
reprendre mon souffle
quand Skipper vint
me rejoindre.

– Que s'est-il passé,
là-haut ? demanda-t-il.

– Hum, je n'avais plus
assez d'essence, mentis-je.

Skipper n'en crut pas
un mot.

– Les Clés anglaises ont
un credo, dit-il. *Volo
Pro Veritas*. Ça signifie :
Je vole pour la vérité.
Visiblement, ce n'est
pas ton cas ! Sparky,
pousse-moi jusqu'au
hangar.

– J'ai peur des hauteurs, murmurai-je.

Je n'avais jamais avoué ça à personne auparavant. Pas même à Chug.

Skipper sursauta.

– Et tu veux courir autour du monde? demanda-t-il, incrédule.

– Hum, Skip?
intervint Sparky.
Pendant l'attaque
sur Tujunga Harbor,
même des P-38 avaient
des problèmes avec
les hauteurs. Après la
guerre, ces P-38 se sont
recyclés dans les courses!

Sparky et Chug
se relancèrent un
bon moment sur le
phénomène qu'étaient
les P-38.

– C'est bon ! dit enfin
Skipper, que Chug
et Sparky avaient un
peu désamorcé. Alors,
tu voles bas. On va
travailler là-dessus, mais,

en attendant, voyons voir si l'on peut transformer ta basse altitude en une bonne attitude. Tu dois prendre de la vitesse.

Skipper me fit voler sur une piste d'entraînement pour améliorer ma technique. Puis, quand un avion navette passa au-dessus de ma tête, il me dit de poursuivre son ombre jusqu'au réservoir aérien. L'ombre gagna la course.

Skipper m'incita à peaufiner mes virages et à augmenter ma vitesse de vol. Je repris la piste, encore et encore, m'efforçant de faire tout ce qu'il m'avait

enseigné. Quelques
jours plus tard, je refis la
course contre l'ombre de
l'avion… et je gagnai !

Quand j'atterris cette
fois-là, Skipper ne dit
pas grand-chose, mais,
à son sourire, je pouvais
voir qu'il était fier
de moi.

Il demanda à Sparky
de peindre sur moi le
logo des Clés anglaises.
J'étais honoré de porter
l'insigne de l'ancienne
escouade de Skipper.

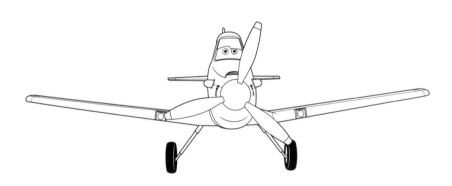

– Tu l'as bien mérité, dit-il.

J'aurais aimé qu'il puisse venir avec moi au rallye.

– Communique par radio quand tu arrives aux postes de contrôle, dit-il. Je serai ton ailier, à partir d'ici.

CHAPITRE 5

J'atteignis l'aéroport JFK de New York à la nuit tombée. Le premier volet du rallye devait débuter ici. Je n'avais jamais vu tant de lumières. On était bien loin de Propwash Junction !

– Crophopper Sept,

vous êtes censé être

sur le visuel Canarsie.

Maintenez une altitude

de trois cents mètres,

puis joignez l'alignement

de piste vingt-deux à

droite. Vous êtes paré

pour l'approche ILS

vingt-deux droite,

dit le contrôleur aérien

sur les ondes radio.

« Hein ? » me dis-je.

Je ne comprenais rien

de ce qu'il racontait.

J'étais sur le point

de lui demander de

répéter ses instructions

quand j'aperçus les

lumières de la piste.

Je m'y dirigeai.

Seulement, dès que

j'eus posé une roue

au sol, un immense
avion à réaction faillit
atterrir sur moi! Je me
retournai et passai près
de percuter un autre
avion. Des remorqueurs
passèrent à toute allure,
jouant du klaxon.

Peu importe où j'allais,
quelqu'un fonçait droit
sur moi! Le moins

qu'on puisse dire, c'est
qu'il y avait de l'action,
dans cet aéroport!

Un remorqueur
m'indiqua alors où je
devais me diriger. Il me
guida vers l'entrée, là
où tous les participants
du rallye devaient se
rassembler. Je vis enfin
un hangar portant une

grande bannière où l'on
pouvait lire :

BIENVENUE À
TOUS LES AVIONS
DE COURSE.

« Wow ! pensai-je.

Je fais partie de ceux-là !

Je suis vraiment ici,

parmi ces incroyables

champions venant de

partout dans le monde ! »

Au même instant,
j'aperçus un de mes
héros, le champion
britannique Bulldog.
Je m'approchai en
vitesse.

– Bulldog! dis-je,
plein d'admiration.
Je vous ai vu réussir cet
incroyable truc, le grand
virage vertical à vitesse

vertigineuse. Comment
avez-vous fait?

– Laisse-moi te le dire!
dit-il. En fait, pourquoi
ne pas partager avec toi
tous mes secrets?

– Vraiment? dis-je,
sous le choc.

– Non! rétorqua-t-il
sèchement. C'est une

compétition. Chacun pour soi. Au revoir.

Puis, il me tourna le dos sans un mot de plus.

J'avais simplement voulu lui faire comprendre à quel point je l'admirais. Gêné, je me retournai, puis passai près de foncer dans un superbe avion indien.

J'étais si nerveux que
je fis accidentellement
tomber une pile
de contenants
d'huile ! J'attendis
ses commentaires
désobligeants, mais
elle s'approcha plutôt
pour me demander si
je n'avais rien.

– Non, non, ça va,
dis-je, embarrassé.
Mais, vous êtes
Ishani, la championne
pan-asiatique et la
détentrice du record de
la Coupe de Mumbai!

– La plupart des
gens m'appellent
simplement Ishani,
dit-elle en souriant.

– Je m'appelle Dusty,
dis-je en bafouillant
un peu.

Mais qu'est-ce qui
m'arrivait, pour l'amour
du ciel?

– Enchantée de te
rencontrer, Dusty,
répondit poliment Ishani.

« Enfin, quelqu'un
de gentil », me dis-je.
J'espérais avoir l'occasion
de lui reparler.

J'aperçus alors Ripslinger.
Toute son équipe était
postée à côté de lui
dans une installation
assez sophistiquée.

– Regardez qui est là !
dit Ripslinger. C'est
le petit épandeur qui
s'immisce dans la cour
des grands.

Soudainement, un
avion en forme de
goutte fit une entrée
remarquée. Il portait
un masque et une cape.

C'était El Chupacabra, aussi appelé El Chu, le champion du Mexique ! Je savais tout de lui. Il était hyper connu dans son pays. Il chantait des chansons populaires, on le voyait à la télévision, il écrivait même des romans d'amour !

C'était son premier rallye du genre. Il semblait heureux de me rencontrer.

– Nous vivrons plusieurs aventures, toi et moi, dit-il. On se retrouve dans les airs, amigo !

Le lendemain matin, des hordes d'admirateurs emplissaient les gradins pour le départ du rallye.

— Voici maintenant l'événement phare de notre sport, le plus rapide au monde, où seule la crème de la crème participe, dit

Brent Mustangburger,
l'annonceur. Chaque
volet comporte un
nouveau défi, mettant
à l'épreuve l'agilité, le
système de navigation
et l'endurance de nos
champions.

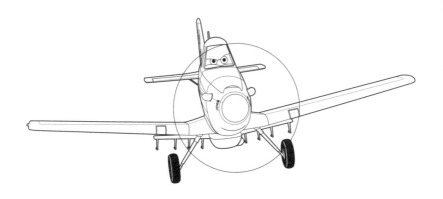

Sous une pluie de confettis et une avalanche de flashs, tous les participants sortirent d'un tunnel au bout de la piste. Quand Ripslinger s'avança sur le tarmac, la foule se mit à crier et à applaudir. Tout le monde le considérait déjà vainqueur.

Je roulai aux côtés
d'El Chu et je pris ma
position. Soudain, mon
nouvel ami retint son
souffle.

– Quelle est cette vision ?
dit-il en jetant des regards
soutenus de l'autre côté
de la piste.

— C'est Rochelle, la championne canadienne, l'informai-je.

— C'est un ange venu du ciel, un lever de soleil après une ère de ténèbres, soupira El Chu, visiblement amoureux.

Mais l'heure n'était pas aux élans romantiques. Nous

étions sur le point
de démarrer la course !
Ce premier volet nous
entraînerait au-dessus
de l'Atlantique Nord,
jusqu'en Islande.
Le premier avion à
se poser là-bas aurait
le privilège de partir le
premier pour le prochain
volet, le lendemain.

– Avions de course,
démarrez vos moteurs !
cria le juge.

Les spectateurs étaient
en liesse. L'officiel abaissa
son drapeau et je pris
mon élan. Ça y était !
Je m'apprêtais à prendre
part au grand rallye
du Tour du Ciel !

CHAPITRE 6

Lorsque je m'élevai
au-dessus des gradins,
de forts vents causés
par les avions plus gros
que moi me firent
perdre l'équilibre, mais
je parvins à me redresser.

Je vis les autres avions
de course s'élancer loin
devant moi au-dessus du
détroit de Long Island.
Ils montèrent jusqu'à ce
qu'on ne distinguât plus
que de minuscules points
dans l'immensité du ciel.

Je continuai de voler à
basse altitude, en suivant
la côte vers le nord. L'air

devint plus froid, je fus bombardé de grêlons, puis de la neige se mit à tournoyer autour de moi. J'arrivais à peine à voir où je m'en allais. Soudain, une immense forme se découpa dans mon champ de vision.

Un iceberg! De justesse,
je donnai un coup d'aile
violent, mais je sentis
tout de même le choc
de mes roues quand
elles se cognèrent sur
le mont de glace.

Quand j'atterris enfin
en Islande, je compris
que j'étais arrivé
bon dernier.

– Tu te souviens que
c'est une course,
pas vrai? se moqua
Ripslinger.

Je lui souris comme
si tout allait bien et
continuai mon chemin.

En regagnant mon
hangar, je croisai
El Chu. Il essayait

de se rapprocher de
Rochelle, mais ses
tentatives semblaient peu
concluantes. Elle était
si froide avec El Chu,
on aurait dit un de ces
icebergs dans l'océan.

Mes amis de Propwash
Junction prirent de mes
nouvelles par radio.

– Alors, comment on
se sent à courir avec les
grands maîtres ? demanda
Chug.

– Pour tout te dire, je
me suis gelé les ailes, des
glaçons me pendaient
des gicleurs, et j'ai failli
m'écraser contre un iceberg
haut comme dix étages,
résumai-je à mon ami.

– Fantastique! s'exclama Chug, qui ne semblait pas comprendre l'ampleur des ennuis que j'avais subis.

Mais pas un détail n'avait échappé à Skipper.

– Dusty, c'est exactement comme quand les Clés anglaises étaient dans les îles aléoutiennes, expliqua-t-il. L'air près de l'océan est plus humide, c'est pourquoi de la glace s'est formée sur ta carlingue. Tu dois essayer de voler plus haut.

Je savais que Skipper avait raison, mais c'était la dernière chose que j'avais envie d'entendre!

CHAPITRE 7

Le lendemain, nous nous préparions tous pour le prochain volet de la course, en direction de l'Allemagne. Cette fois, nous n'avions droit à aucun instrument.

Nous devions naviguer
à vue seulement.

Je fus le dernier à partir,
mais je volais de façon
stable et constante. Puis,
j'entendis un appel de
détresse venant de Bulldog.

– Mayday! Mayday!
Je ne vois plus rien!
cria-t-il sur les ondes.

Son moteur fuyait et
de l'essence lui giclait
dans les yeux.

Je devais faire quelque
chose, et vite ! Je filai
à ses côtés alors qu'il
commençait à dégringoler
en spirale.

– Bulldog ! m'écriai-je.
Vite, relève-toi !

On s'approchait
dangereusement du sol.

– Plus vite! Plus vite!
criai-je.

Je le guidai du mieux
que je pus, mais nous
avions encore beaucoup
de chemin à faire.
Bulldog craignait que
je l'abandonne.

– Je suis là, lui dis-je.
Je vais voler juste à côté
de toi.

Bulldog et moi suivîmes une rivière, tandis que les autres avions de course atterrissaient à l'aéroport. Ils libérèrent la piste quand ils nous virent arriver. J'aidai Bulldog à atterrir en douceur en lui disant exactement quoi faire et comment le faire. La foule qui nous attendait applaudit quand nos roues touchèrent enfin le tarmac.

Quand les camions de pompiers eurent lavé les yeux de Bulldog, il fut surpris de découvrir qui l'avait aidé.

– C'est toi qui m'as sauvé ? s'exclama-t-il. Qu'est-ce que je t'avais dit ? C'est chacun pour soi, mon garçon !

– Là d'où je viens, quand on voit quelqu'un en péril qui tombe en chute libre… commençai-je.

– Oui ! m'interrompit Bulldog. Mais c'est une compétition ! Te voilà encore bon dernier et… je te dois la vie, ajouta-t-il, les yeux brillants de larmes.

Ripslinger arriva derrière moi.

– Tu es un bon gars, dit-il. Et on sait tous comment finissent les bons gars !

Il s'éloigna en rigolant.

J'étais content d'avoir aidé Bulldog, mais je devais admettre que la vingt-et-unième position, ce n'était pas terrible.

Quelque temps plus tard, El Chu et moi étions arrêtés près d'une station d'essence. On avait le moral aussi à plat qu'un pneu crevé.

— Au moins, toi, tu n'es pas dernier dans la course à l'amour, dit El Chu.

Il était déçu parce
que Rochelle refusait
toujours de lui parler.

Tout à coup, une petite
voiture roula vers nous.

– Je m'appelle Franz
et je voulais vous
dire *danke* de nous
représenter tous, nous
les petits avions, dit-il.

Je n'y comprenais rien.
Franz était pourtant
une voiture!

Il nous expliqua
qu'il était l'une des
six voitures volantes
qui aient jamais été
construites. Puis, il
appuya sur un bouton
et – VLANG! – des ailes
s'ouvrirent sur ses côtés!

Il était maintenant un
avion du nom de
Von Fliegenhosen.
Même sa personnalité
s'en trouva transformée.
Il semblait maintenant
plutôt entreprenant.

Von Fliegenhosen reprit
la forme de Franz.

Puis, il me conseilla de me débarrasser de mes gicleurs. Il croyait que je pourrais aller plus vite sans eux.

El Chu semblait d'accord.

— Tu devrais commencer à penser comme un avion de course, me dit-il.

Plus tard, dans la soirée,
je me fis donc enlever
mes tuyaux et mon
réservoir d'épandage.
Je fis même refaire
ma peinture !

Le lendemain matin,
je décidai de faire un
petit vol d'essai pour
tester ma nouvelle
carrosserie modifiée.

Sans les gicleurs,
j'étais plus léger et plus
rapide. Je me sentais
enfin comme Dusty
l'avion de course, plus
que comme Dusty
l'épandeur.

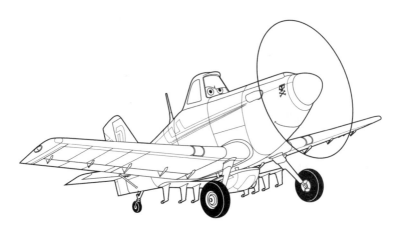

CHAPITRE 8

Le prochain volet nous emmenait en Inde. Ripslinger était toujours premier, mais plusieurs avions avaient dû abandonner la course à cause de bris d'équipement.

Les règles stipulaient
que nous devions voler
à basse altitude, sous les
trois cents mètres. Enfin
une bonne nouvelle !

Je dépassai mes concurrents
les uns après les autres
en zigzaguant à travers les
collines embrumées.
Je me faufilai facilement
entre les pics rocheux et

manœuvrai avec agilité
dans des passages
étroits.

Je ne le savais pas
encore, mais depuis
que j'avais aidé Bulldog,
des admirateurs de
partout à travers le
monde s'étaient mis à
prendre pour moi. En
vérité, même si je l'avais

su, ça n'aurait pas changé grand-chose. Mon seul but était de faire de mon mieux, de me dépasser. Évidemment, je rêvais de remporter la course, mais je voulais surtout que Skipper soit fier de moi.

Quand j'atterris, des hordes de journalistes m'encerclèrent. Je compris alors que j'avais passé de la dernière place à la huitième! C'était la remontée la plus spectaculaire dans toute l'histoire du rallye.

Ripslinger me dévisagea d'un air mauvais.

Il n'aimait pas me voir être le centre de l'attention à sa place. À ce moment-là, je ne savais pas que je venais de me faire un sérieux ennemi. J'étais bien trop occupé à profiter de l'effervescence qui m'entourait!

Entre-temps, les journalistes me bombardaient de questions.

– Où avez-vous appris à faire de la vitesse? me demanda l'un d'eux.

– Avec mon entraîneur,

Skipper, répondis-je.

C'est grâce à lui si

je suis ici. C'est un

entraîneur remarquable

et un ami précieux.

Il a participé à des

douzaines de missions

aériennes. Je suis certain

que, s'il le pouvait, il

serait ici avec nous.

Plusieurs semaines après le rallye, Sparky m'a raconté ce qui s'était passé, à la suite de cette entrevue. À Propwash Junction, Skipper m'avait entendu parler aux journalistes sur les ondes. Ce que j'ai dit à son sujet lui avait redonné envie d'essayer de voler, après des années d'arrêt. Sparky avait donc emmené Skipper sur la piste le soir venu.

Il avait observé fébrilement le vétéran déplier ses ailes et faire vrombir son moteur. Ses roues avaient fait quelques tours, puis,

pendant un instant,
Skipper avait semblé
bien prêt à s'envoler.
Puis, soudainement,
il avait abdiqué, éteint
son moteur et replié
ses ailes.

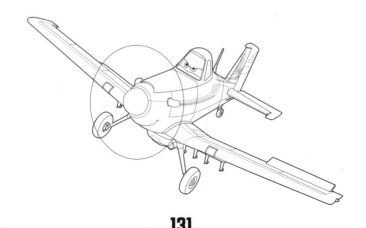

CHAPITRE 9

Le prochain volet du
rallye représentait un réel
défi pour moi. Je dirais
même un solide défi.
Nous devions voler
au-dessus de l'Himalaya,
la plus haute chaîne de
montagnes au monde.

La seule pensée de
ce genre d'altitude
faisait trembler mon
gouvernail. Je fis appel
à mes amis de Propwash
Junction, pour un peu
d'encouragement.

– L'avantage de voler
à une telle hauteur, dit
Chug, c'est qu'il y a
moins d'oxygène, alors

si tu t'écrases, il n'y aura pas d'explosion.

L'allusion de Chug aux explosions potentielles n'était peut-être pas la meilleure façon de me calmer.

Je demandai donc à Skipper si, selon lui, je pouvais voler entre les montagnes plutôt qu'au-dessus d'elles.

– Mauvaise idée, dit-il.
Les Clés anglaises ont
traversé ce genre de
terrain pendant l'assaut
de Kunming... Le vent qui
contourne les sommets
peut jouer sur l'équilibre
de tes rotors et t'entraîner
droit vers le sol. Ne sois pas
inquiet, Dusty. Tu peux
voler beaucoup plus haut
que tu ne le crois.

J'espérais de tout cœur
qu'il avait raison.

Ce soir-là, je n'arrivais
à penser à rien d'autre
qu'au vol du lendemain.
El Chu, quant à lui, avait
l'esprit ailleurs : Rochelle.
Il passait tout son temps
au sol à tenter d'attirer
son attention... Mais rien
n'y faisait.

J'essayais tant bien
que mal de lui donner
quelques conseils quand
Ishani vint nous voir.
El Chu avait remarqué
qu'elle me plaisait bien,
alors il nous laissa seuls.
Alors Ishani m'invita à
l'accompagner pour aller
voir l'incontournable
Taj Mahal.

Pendant le vol, Ishani mentionna notre course du lendemain au-dessus de l'Himalaya. Elle avait remarqué que je préférais voler à basse altitude, et elle avait quelque chose à me suggérer.

– Tu pourrais essayer de suivre le Compas de fer, dit-elle. C'est une route ferroviaire qui traverse les montagnes.

Je la remerciai chaleureusement pour son aide.

Le lendemain matin, après le départ, je me séparai du groupe d'avions de course pour repérer le chemin de fer. Le plan me sembla parfait pendant un moment, mais, à mesure que les rails se courbaient autour des hautes montagnes je me mis à douter. Le passage devenait de plus en plus étroit et je n'avais presque pas d'espace pour manœuvrer. Rapidement, je n'en eus plus du tout.

Je remontai lentement, essayant de toutes mes forces de ne pas céder à la panique. Je n'avais donc pas le choix de survoler les montagnes. Mais, plus je m'élevais, plus j'étais terrifié.

Je n'avais pas le courage de monter assez haut pour dépasser les hauts pics des montagnes. Je pris donc une décision audacieuse : j'allais passer dans le tunnel !

Je rassemblai tout mon courage, replongeai et filai dans la pénombre.

Des étincelles brûlantes
jaillirent tandis que
mes ailes éraflèrent
les murs du tunnel.
J'aperçus alors un point
de lumière devant moi.
Je ressentis un profond
soulagement. Ça ne
pouvait être que
la sortie !

Je l'avais presque
atteinte lorsque j'entendis
un retentissant
TUUUUUUT! Un train
s'approchait du tunnel
dans la direction inverse.

Je devais sortir de là,
et vite!

Tous mes boulons grincèrent et se crispèrent alors que je volais de plus en plus vite. Les roues du train crissèrent sur les rails et les freins crièrent. Puis, je sortis du tunnel dans un nuage de fumée et de vapeur.

Après ce moment, tout devint étrangement calme. Si calme que je me demandai si j'étais toujours en vie. J'aperçus finalement une piste d'atterrissage plus bas dans la vallée et descendis pour m'y poser. Un officiel local vint à ma rencontre.

– Bienvenue au Népal,
dit-il.

– Est-ce que les autres
sont déjà repartis ?
demandai-je, me
croyant le dernier.

– Personne d'autre
n'est encore arrivé,
répondit-il.

L'aventure risquée
du tunnel m'avait
sûrement coûté
quelques kilomètres
de durée de vie,
mais j'en avais
gagné plusieurs dans
la course. J'étais
maintenant premier!

Les autres participants
furent émerveillés
quand ils apprirent
ce que j'avais fait,
mais Ishani semblait
m'éviter. Je remarquai
alors qu'elle portait
une nouvelle hélice
Skyslycer Mark 5.
Ces hélices étaient
pourtant fabriquées

exclusivement pour
l'équipe de Ripslinger.

Je compris tout de suite
ce qu'avait fait Ishani.
Elle m'avait donné un
mauvais conseil afin
d'obtenir, en échange,
l'hélice sophistiquée de
Ripslinger.

Quand je la questionnai, elle répondit simplement :

– Je croyais sincèrement que tu allais rebrousser chemin.

– Eh bien, tu avais tort, lui dis-je. Et moi, j'ai eu tort de te faire confiance.

CHAPITRE 10

J'étais déçu d'avoir perdu l'amitié d'Ishani. Mais j'avais encore beaucoup de chemin à parcourir, alors j'essayai de ne pas trop y penser.

Tandis qu'on volait vers
la Chine, je zigzaguai
à travers des rizières
et survolai la Grande
Muraille de Chine.
Ripslinger et moi nous
disputions la première
place dans la course.

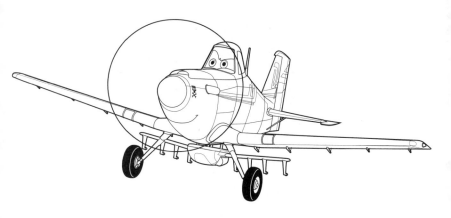

Au moment de l'atterrissage, à l'aéroport de Shanghai, je fus accueilli par une foule en délire. Les véhicules de travail semblaient être mes plus fervents admirateurs. Le fait de voir un épandeur si bien placé dans la course leur donnait peut-être

l'espoir de réaliser
leurs propres rêves.

– Tu es en train de
remettre à leur place
les gros avions de
course, me dit Skipper
quand je l'appelai
depuis mon hangar.

Le lendemain, nous devions traverser le Pacifique. Il fallait nous arrêter à Hawaii pour faire le plein, puis continuer vers le Mexique. J'avais vraiment besoin des conseils de Skipper. Il avait lui-même traversé le Pacifique pendant la guerre.

Il saurait me dire à quoi
je devais m'attendre.

– En '41, pendant la
bataille de l'atoll de
Wake, les Clés anglaises
ont dû traverser
d'intenses moussons,
dit-il. Fais bien
attention. Ah, et,
encore une chose : je
suis fier de toi, Dusty.

Ce commentaire m'alla droit au cœur. Surtout venant d'une légende vivante comme Skipper. S'il croyait que j'avais ce qu'il fallait pour devenir un champion, alors je pouvais le croire aussi.

Ensuite, Chug et Dottie prirent la parole.

Ils avaient une grande nouvelle à m'annoncer.

– Nous allons te rejoindre au Mexique! dirent-ils en chœur.

Même Skipper serait du voyage. Ils allaient voyager par avion cargo. J'étais si heureux!

J'avais bien besoin de voir mes amis.

Lorsque je retrouvai El Chu pour lui partager la nouvelle, il répétait une chanson d'amour pour Rochelle.

– C'est ce soir que je vais gagner son cœur, déclara-t-il.

Je le suivis jusqu'au hangar de sa belle. Il déposa une vieille radiocassette sous le balcon, l'alluma et fit jouer très fort une musique rythmée.

Il se mit alors à chanter
– crier serait plus exact –
par-dessus la musique.

Rochelle s'approcha
pour voir ce qui causait
tout ce bruit.

– Non, non, et non!
cria-t-elle avant de
claquer les portes de
son balcon.

Je débranchai immédiatement l'appareil. El Chu avait besoin de renfort!

Je fis un signe de la main à deux remorqueurs habillés en mariachis. Ils s'approchèrent et se mirent à jouer un doux rythme aux maracas.

J'allumai alors
quelques chandelles
pour créer une
ambiance romantique.

– Tout doucement,
dis-je à El Chu.

Cette fois, El Chu reprit sa chanson langoureusement, avec les harmonies des deux remorqueurs-mariachis. Quand Rochelle rouvrit les portes de son balcon, El Chu lui fit une profonde révérence.

– *Buenas noches, querida*,
dit-il tout bas. Bonsoir,
ma toute belle.

Rochelle sourit. Enfin,
la sérénade de mon ami
avait eu l'effet escompté.

– Je t'en dois une, *amigo*,
me chuchota El Chu avec
un clin d'œil. Si tu as
besoin de moi, je suis là.

CHAPITRE 11

Le lendemain matin, les avions de course et moi consultions le tableau indiquant notre position dans la course. J'étais premier et Ripslinger était deuxième.

Je ne pouvais pas arrêter de sourire pendant tous les préparatifs avant le prochain décollage.

– Nous voici rendus au sixième et plus long volet de la course, annonça Brent Mustangburger. Tous les avions de course devront bien suivre leur GPS parce qu'un

immense océan nous
sépare du Mexique.

Encore une fois, les
participants s'élevèrent
haut dans les airs,
et je restai à basse
altitude. Je regardais
attentivement mon
GPS et m'apprêtais à
traverser une nappe
de brouillard quand,

tout à coup, l'un des
coéquipiers de Ripslinger,
Zed, sortit de nulle
part, puis arracha mon
antenne GPS!

– Oh non! m'écriai-je
en la voyant plonger
dans les vagues.

Les autres avions de
course étaient loin
devant moi.

Je n'entendais même plus leur moteur. J'étais seul au-dessus de l'océan Pacifique, dépourvu de tout appareil de navigation. Je ne savais pas où aller! J'essayai de me guider avec la lumière du soleil, mais le brouillard était trop dense.

– Hawaii, vous êtes
là ? Vous m'entendez ?
Je vais manquer de
carburant, appelai-je
frénétiquement.

Aucune réponse.
Personne ne m'entendait.

DING ! L'indicateur du
niveau d'essence s'alluma.

J'allais avoir de gros ennuis !

– Appareil inconnu, appareil inconnu, dit une voix sur les ondes. Vous venez d'entrer en territoire prohibé.

Un avion de chasse de la marine américaine nommé Bravo apparut à côté de moi. Un autre avion à réaction, Écho, arriva de l'autre côté.

De toute ma vie, je n'avais jamais été aussi heureux de voir quelqu'un.

Quand je leur expliquai ce qui s'était produit, Écho et Bravo me demandèrent de les suivre jusqu'à leur porte-avions, le Dwight D. Flysenhower.

Je n'en crus pas mes oreilles. C'était l'ancien vaisseau de Skipper!
Je ne savais pas si j'étais capable d'atterrir sur une piste en mouvement, mais, comme me le fit remarquer Écho,

je n'avais pas vraiment
le choix.

Écho et Bravo me
guidèrent jusqu'au bateau.
L'équipage m'indiqua
où atterrir, puis je me
posai en douceur.
Un filet stratégiquement
placé m'empêcha de
glisser jusque dans l'eau.

Quand je m'arrêtai enfin, tout le monde applaudit.

– Il faut te réparer, te remplir de carburant et te remettre dans la course, mon vieux, dit Bravo. Tu es loin derrière.

– Merci, les gars, dis-je. Vous m'avez sauvé la peau.

Il fallut prendre un ascenseur pour atteindre les hangars. À la sortie, je vis un immense mur tapissé de photos et de médailles.

– C'est le Panthéon des Clés anglaises, expliqua Bravo.

– Chaque pilote, chaque mission ! ajouta Écho.

Je repérai tout de suite la photo de Skipper, mais une seule mission était associée à son nom. Ça ne faisait aucun sens.

Plus tard, j'appelai
Skipper depuis la radio
du porte-avions et je lui
parlai du Panthéon.

– Il n'y a qu'une seule mission à votre nom, lui dis-je.

– Dusty, dit Skipper, si tu n'as pas encore traversé la tempête qui s'en vient, tu dois…

– C'est vrai? l'interrompis-je.

– C'est vrai, admit
Skipper à contrecœur.

J'étais sous le choc.
C'est à ce moment
que le chef de pont
vint me trouver, affolé :
une forte tempête
s'annonçait, et je devais
partir à l'instant.

– Tu dois voler au-dessus
de la tempête, me dit
un petit remorqueur
en m'installant sur
une catapulte, qui
ressemblait à un
lance-pierres géant.

– Tu peux gagner! cria
Bravo. Fais-le au nom
des Clés anglaises!
Volo Pro Veritas!

Quelques secondes plus tard, j'étais relâché dans les airs. J'entendais l'équipage m'encourager depuis le pont. Je me retrouvais encore seul, avec des kilomètres et des kilomètres à parcourir.

Tous les autres
participants étaient déjà
arrivés au Mexique et
se demandaient ce qui
avait bien pu m'arriver;
El Chu me confia plus
tard que tout le monde
s'était inquiété, sauf
Ripslinger. Il croyait
que se débarrasser de
moi était la chose à

faire parce qu'à son avis,
avoir un épandeur parmi
les participants faisait
la honte du sport de
course.

Entre-temps, je volais
aussi vite que je le
pouvais, donnant tout
ce que j'avais pour
récupérer le temps
perdu. Mais, pendant

le vol, je ne pouvais
m'empêcher de penser
à Skipper. Avait-il
vraiment participé à une
seule mission ? Toutes les
histoires de ses exploits
étaient-elles inventées
de toutes pièces ? Et, si
c'était le cas, pourquoi
ne pas me l'avoir dit ?

Soudain, un coup
de tonnerre retentit
au-dessus de ma tête
et de gros nuages noirs
couvrirent le ciel.
Une vilaine tempête
approchait et je devais
la survoler.

Je commençai à monter,
mais un violent coup
de tonnerre m'effraya.
Je redescendis un peu.
Je n'arrivais pas à
surpasser ma peur,
même s'il le fallait.

Je volais juste au-dessus
de l'océan quand la
pluie, le vent et les éclairs
s'abattirent sur moi.

Les vagues s'élevèrent
de plus en plus haut,
jusqu'à ce que l'une
d'elles vienne se briser
au-dessus de ma tête.
Mon moteur toussa,
crépita et mourut.

– Mayday! Je m'effondre!
dis-je à la radio.

Quand je percutai l'eau glacée, je sentis mon train d'atterrissage se fendre et mes ailes plier. La mer, alors, m'engloutit. «C'est donc ainsi que mon rêve prendra fin?» pensai-je. Soudain, un filet tomba autour de moi. Alors qu'il me remontait vers la

surface, je reconnus un
hélicoptère de la marine
mexicaine faisant du
surplace juste au-dessus
de moi. Puis, d'un coup,
plus rien. Je sombrai
dans la noirceur.

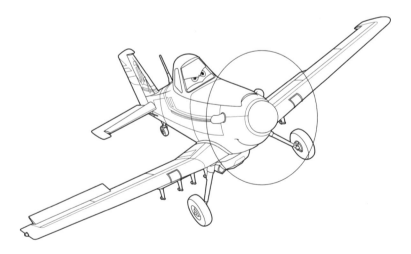

CHAPITRE 12

Je me réveillai dans un hangar mexicain, encerclé par mes amis. À voir leurs visages, je compris tout de suite que j'étais dans un piteux état.

Dottie fit le bilan.

– Aile brisée, engrenage tordu, hélice pliée, longeron craqué… Ça ne va pas du tout, dit-elle. C'est terminé.

J'étais trop abîmé pour compléter le rallye. Mais j'avais autre chose en

tête. Toute la confusion
et la peine que j'avais
ressenties depuis que
j'avais vu le Panthéon
sortirent d'un coup,
sans filtre.

– Une seule mission?
Volo Pro Veritas, hein?
dis-je à Skipper, plein
de ressentiment.

Skipper demanda
aux autres de nous
laisser seuls. Puis, il
me raconta l'époque
où il était un jeune
instructeur de vol avec
un escadron de recrues.

— Ils étaient tous au
sommet de leur art, dit
Skipper. Je suis bien
placé pour le savoir,

c'est moi qui les avais entraînés.

Il les avait emmenés vers ce qui devait être une patrouille de routine. Mais ça s'était avéré être une violente bataille aérienne.

Bien qu'il ait tout fait pour rescaper ses élèves, il les vit tomber en flammes, les uns après les autres. Puis, lui-même fut touché. Quand il se réveilla sur le vaisseau de secours, il apprit que tout son escadron avait été anéanti.

– Après cette histoire,
dit-il, je n'ai jamais pu
voler de nouveau.

J'en étais encore à
essayer de digérer
ce qu'il venait de
m'apprendre quand il
me posa une question.

— Si tu avais su la
vérité sur mon passé,
demanda-t-il, m'aurais-tu
demandé de devenir ton
entraîneur ?

Je ne savais pas quoi
répondre.

— Je suis désolé, dit Skipper
alors que je m'éloignais
avec difficulté.

Le lendemain, je racontai toute l'histoire à Dottie.

– Peux-tu le croire ?
lui demandai-je.
Pendant tout ce temps,
il m'a menti. Toi, au
moins, tu as été honnête.
Tu m'as dit que je n'étais
pas conçu pour la course.
J'aurais dû t'écouter.

— Si tu m'avais écoutée,

je ne me le serais jamais,

jamais pardonné,

répondit Dottie. Skipper

a peut-être eu tort de faire

ce qu'il a fait, mais il a eu

raison de croire en toi.

Tu n'es pas un épandeur.

Tu es un avion de course.

Et, maintenant, le monde

entier est au courant.

C'était bien gentil
de sa part de me
dire ça. Je savais
qu'elle essayait de me
remonter le moral,
mais c'était peine
perdue. J'étais dévasté.

– Regarde-moi…
commençai-je.

– Oui! Regarde-toi!

interrompit El Chu en entrant en trombe dans le hangar.

Il poussait devant lui un chariot sur lequel était posée une paire d'ailes provenant d'un T33 Shooting Star.

Il roula de côté, et je vis apparaître Rochelle,

Bulldog et le reste des
avions de course. Ils
ne voulaient pas courir
sans moi, alors ils
m'avaient tous apporté
de nouvelles pièces pour
remplacer mes pièces
cassées! Même Ishani
était avec eux, apportant
son hélice Skyslycer
Mark 5.

– Elle ne m'allait pas du tout, dit-elle. Je crois qu'elle pourra te porter chance.

Dottie et les mécaniciens des autres avions se mirent à l'ouvrage. Tandis qu'ils martelaient et soudaient, Chug visionnait des images marquantes des rallyes

précédents. Il repassait en boucle les scènes où Ripslinger traversait la ligne d'arrivée.

Puis, il sourit. Il venait de remarquer un détail qui pourrait faire une grande différence au moment où le champion traverserait le fil d'arrivée, le lendemain.

CHAPITRE 13

Quand j'avançai sur le tarmac pour prendre position avant le départ pour le dernier volet du rallye, tous les avions se tournèrent vers moi. J'avais enfin l'air d'un vrai bolide de course.

– On se retrouve à
New York ! cria Dottie.

– C'est ton heure de gloire,
Dusty ! lança Chug.

De son côté, Ripslinger
avait l'air plus furieux
que jamais.

– Ce ne sont pas ces
quelques pièces qui feront
de toi un meilleur avion,

dit-il. L'odeur de la ferme
ne te quittera jamais !

J'eus une soudaine
inspiration.

– J'ai enfin compris,
lui dis-je. Tu es terrorisé
à l'idée de te faire battre
par un épandeur.

Je m'approchai de lui et le
regardai droit dans les yeux.

– Prépare-toi, mon vieux,
le narguai-je. J'arrive !

Pour la première fois
depuis le début de la
course, Ripslinger ne
trouva rien de méchant
à répondre.

Le dernier volet de la
course misait vraiment
sur la vitesse. Je devais

partir dernier, mais je n'avais pas l'intention de finir dernier. J'allais faire de mon mieux pour être le premier avion à franchir la ligne d'arrivée à New York!

Je regardai les autres participants – qui étaient maintenant mes amis – prendre leur envol. Puis, ce fut mon tour. Je filai au-dessus des villes et des villages, fonçai autour des vallons et des montagnes, puis je dépassai l'ombre de Bulldog et celle des autres participants.

Dixième place...

huitième... sixième.

Je gagnais du terrain!

Je vis enfin Ripslinger,
Ned et Zed devant moi
tandis qu'on survolait
le désert. Je n'entendis
pas Ripslinger dire à ses
coéquipiers qu'il était
temps de m'éliminer
pour de bon.

Alors que Ned et Zed
me hurlaient des insultes,
Ripslinger s'approcha

au-dessus de moi.

Il me poussa vers les rochers avec son train d'atterrissage.

J'étais coincé. J'allais m'écraser !

Soudain, Skipper fendit l'air à côté de nous ! Je n'arrivais pas à croire qu'il volait ! Il plongea sur Ripslinger et l'éloigna de moi. Son intervention me permit de me relever, mais Ned et Zed se précipitèrent sur moi.

Je volai de côté et plongeai dans un gouffre. Quand Ned et Zed m'y suivirent, ils entrèrent en collison et restèrent coincés dans l'espace entre les rochers.

C'est à ce moment que Ripslinger s'en prit à Skipper. Il déchira la queue de Skipper avec son hélice.

Je me précipitai à ses côtés, mais, à ma grande surprise, Skipper souriait fièrement. Avec cette attaque, Ripslinger avait endommagé sa propre hélice.

– Je vais survivre, me dit Skipper. Vas-y, fonce !

Je donnai tout ce que j'avais, mais Ripslinger gardait toujours une mince longueur d'avance sur moi. J'augmentai encore ma vitesse, mais ce n'était pas suffisant. Puis, je remarquai des ombres au-dessus de ma tête.

Je levai les yeux. Elle était là : l'Autoroute du ciel.

Je me rappelai ce que m'avait dit Skipper :
« Des vents arrière comme tu n'en as jamais connus. »

Mais je devais monter si je voulais en profiter.
« Je peux y arriver, me dis-je. Je dois y arriver ! »

Je pris une profonde inspiration, je fermai les yeux, et je grimpai.

« Ne regarde pas en bas, ne regarde pas en bas ! » me répétai-je comme un mantra.

Le vent me sifflait au visage et le sol s'éloignait de moi de plus en plus.

J'ignorai les vagues de peur qui m'étourdissaient et continuai mon ascension.

Puis, tout à coup, WHAM! Je traversai les nuages et je sentis aussitôt les forts vents me rattraper.

– Wô! Ouiii! criai-je en filant à toute allure.

Je rattrapai Ripslinger
en moins de temps
qu'il n'en faut pour
dire « vent ».

La ville se dessinait
en dessous. Plus que
quelques kilomètres
à parcourir. Ripslinger
ne me vit même
pas arriver.

Dans les gradins,
juste en dessous, les
admirateurs criaient à
tue-tête. J'étais si près
du but!

À l'approche du fil
d'arrivée, Ripslinger
se tourna légèrement
vers les caméras. Il
voulait s'assurer que les
journalistes captent de

bonnes images de son arrivée. Chug l'avait vu faire sur les images des années précédentes et m'avait averti, alors je m'y attendais et je m'y étais préparé.

Je tanguai de l'autre côté, dépassai Ripslinger et franchis le ruban !

Je venais de remporter
le grand rallye du
Tour du Ciel !

– Il a réussi ! Il a réussi !
criait Brent Mustangburger
dans son mégaphone.

Ripslinger fut tellement surpris qu'il s'écrasa dans une filée de toilettes portatives !

Mes amis se rassemblèrent autour de moi, fous de joie. Même Franz était là ! Il était venu avec tout un groupe de véhicules utilitaires.

— Tu es une source d'inspiration pour chacun d'entre nous, me dit-il. Pour tous les avions qui souhaitent faire plus que ce pour quoi ils ont été conçus.

Je regardai tour à tour chacun de mes amis et je réalisai à quel point je leur étais reconnaissant

pour toute l'aide qu'ils
m'avaient apportée,
chacun à leur façon. Mais
il y en avait un parmi eux
que je souhaitais remercier
tout particulièrement.
Je regardai vers le ciel,
comme le reste de la
foule, alors qu'il glissait
tout là-haut et venait se
poser en douceur.

Je le rejoignis aussitôt.

– Merci, Skip, lui dis-je.

– Ne me remercie pas,
dit-il. J'ai appris beaucoup
plus avec toi que tu n'as
appris avec moi.

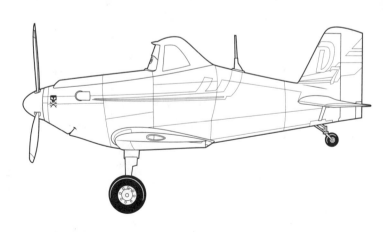

– Attention, sur le pont! lança l'officiel sur la piste.

Une filée d'avions à réaction s'inclinèrent quand Skipper roula sur le pont du Dwight D. Flysenhower.

– C'est un honneur pour moi d'être ici, dit Skipper.

Ça l'était pour moi aussi. L'escadron avait fait de moi un membre honoraire des Clés anglaises!

Quelques instants plus tard, Skipper et moi fûmes installés sur les catapultes.

– Il n'y avait pas ce genre d'engin sophistiqué, dans mon temps! dit Skipper.

Je rassurai Skipper. Il n'y avait rien à craindre. Il fallait seulement faire signe au tireur quand nous étions prêts, puis se cramponner.

– Ouiiii! cria Skipper en s'élançant dans les airs.

Je lui fis écho.

Mon ami Skipper avait recommencé à voler, et je volais à ses côtés.

J'avais bien hâte de voir où nous mèneraient nos prochaines aventures!

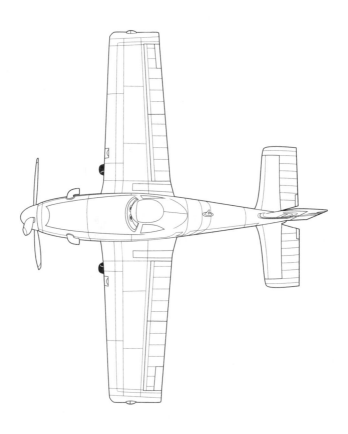